Und du c

Nina Imhoff

Und du denkst, du bist sicher

Thriller

Bibliografische Information der Deutschen Nationalbibliothek:
Die Deutsche Nationalbibliothek verzeichnet diese Publikation in der
Deutschen Nationalbibliografie; detaillierte bibliografische Daten
sind im Internet über http://dnb.dnb.de abrufbar.

© 2020 Nina Imhoff

Herstellung und Verlag: BoD – Books on Demand, Norderstedt

ISBN: 978-3-7526-0923-3

Für meine Eltern

Roselies und Heinrich

Kapitel 1

Ich schrecke aus meinem Schlaf hoch. Ein durchdringendes Klingeln hat mich geweckt. Müde reibe ich mir die Augen. Nach dem Feuerwerk, welches gestern scheinbar in unmittelbarer Umgebung zu meiner Wohnung stattgefunden hat, bin ich erst sehr spät eingeschlafen. Zum Glück beginne ich meine Arbeit heute später. Meine Hand tastet auf dem Nachttisch, neben meinem Bett, nach meinem Wecker. Ich schalte ihn aus und drehe mich noch einmal um. Da klingelt es erneut. Ich gucke auf die Uhr. 6:30 Uhr! Viel zu früh. Ich hatte meinen Wecker auf 7:30 Uhr gestellt. Als das Klingeln erneut ertönt, merke ich, dass es die Türklingel ist. Ich schlage die Bettdecke zurück, schlurfe zur Tür und schaue durch den Spion. Ein älterer Mann mit Schnauzer und runder Brille steht dort. Ich hänge die Kette in die dafür vorgesehene Box und öffne die Tür. Als Erstes fallen mir die Unruhe im Treppenhaus und die Löcher in der Tür meiner Nachbarin auf. „Guten Morgen, entschuldigen Sie die frühe Störung. Ich bin Detective Dungeé von London Police und ich

hätte ein paar Fragen zu Mrs. Mainway."
Detective Dungeé wirkt sehr ernst. Mrs.
Mainway ist meine Nachbarin von gegenüber.
Sie ist eine nette ältere Dame. Seit ihr Mann
gestorben ist, wohnt sie allein. Ich bringe ihr
manchmal etwas aus dem Supermarkt mit oder
bringe ihren Müll raus. „Ja, kein Problem.
Möchten Sie reinkommen?" „Ja, gern."
Detective Dungeé setzt sich in den
Blümchensessel meiner Oma. „Möchten Sie
etwas trinken?" „Nein, danke." Ich setze mich
auf das Sofa ihm gegenüber. An meinen Beinen
spüre ich eine Gänsehaut. Kein Wunder, das
Einzige was ich anhabe ist mein pinkes
Nachthemd. Es ist etwas klein, da ich es öfters zu
heiß gewaschen habe, doch ich kann mich
einfach nicht davon trennen. „Wie schon gesagt,
es geht um Ihre Nachbarin Mrs. Mainway. Sie
wurde letzte Nacht ermordet." Das ist ein Schlag
für mich! Und ich erinnere mich an den Mann.

Kapitel 2

Hektisch suche ich meine Sachen zusammen, schlage die Tür hinter mir zu und stürme die Treppe runter. Vor dem Haus steht ein großes Polizeiaufgebot. Ich haste durch den beginnenden Regen zu meinem Wagen. Natürlich habe ich in der Hektik meinen Autoschlüssel vergessen. Also laufe ich zurück, kämpfe mich durch die Spurensicherung und schließe meine Wohnungstür auf. Ich schaue hinüber zu Mrs. Mainways Tür. Detective Dungeé hatte gesagt, dass Mrs. Mainway durch die Tür erschossen wurde. Mit einem Schalldämpfer. Trotzdem müsste man es gehört haben, meinte der Detective. Soviel zum Thema Feuerwerk. Ich habe letzte Nacht gehört wie Mrs. Mainway erschossen wurde und habe nichts getan. Genau das macht mich fertig. Als ich erneut aus meiner Wohnung komme, kommt gerade Ms. O'Nelly die Treppe runter.
Ms. O'Nelly bewohnt das Dachgeschoss unseres drei Parteienhauses. Ms. O'Nelly wohnt zusammen mit ihren beiden Huskys Sammy und Jumper dort. „Oh, Ms. McKinley, das ist alles so

schrecklich. Ich kanns noch gar nicht glauben. Hier bei uns im Haus.", begrüßt sie mich. „Ja, ich bin auch total geschockt." „Haben Sie den Mann gestern Abend unter der Laterne gesehen? Ich habe es der Polizei erzählt." Ja, den Mann unter der Laterne hatte ich auch gesehen. Er stand gestern Abend ziemlich lange vor dem Haus und blickte ständig an ihm hoch. Genau zu erkennen war er nicht. Er war schwarz gekleidet. Es war schon irgendwie gruselig. Ich hatte in einigen Schubladen nach dem Pfefferspray gesucht, das ich vor einiger Zeit gekauft habe. Nachdem ich es gefunden hatte, fühlte ich mich sicherer. Allerdings war der Mann da auch verschwunden. Ich verabschiede mich von Ms. O'Nelly und laufe zu meinem Auto. Inzwischen regnet es in Strömen. Der Verkehr an diesem Morgen ist der Horror. Ich komme mit fünfminütiger Verspätung in der Firma an. Ich arbeite in einer Autovermietung. Rose, meine einzige Kollegin, begrüßt mich fröhlich. „Hey, kommst du heute mit ins Kino? Die neue Romanze ist rausgekommen." „Nee, Rose, heute nicht. Ich möchte heute mal im Hellen nach Hause kommen." „Okay, kein Problem. Ach ja, auf deinem Schreibtisch liegen ein paar Akten, wegen der Kunden, die die Autos demoliert haben. Heinrich meinte du solltest sie bearbeiten, wenn du kommst. Er ist auf einem Außentermin und wird heute nicht mehr kommen." Heinrich gehört die Autovermietung. Er kommt aus Deutschland, aber aus irgendeinem Grund hat das da nicht so funktioniert mit seiner Autovermietung und so ist er nach London gekommen. Auf dem Weg zu meinem Schreibtisch hole ich mir einen Kaffee. Ich krame die Digitalkamera aus meiner Schreibtischschublade. Für die Berichte müssen Fotos von den beschädigten Fahrzeugen gemacht werden. Also werfe ich mir meine Regenjacke über und mache mich auf den Weg nach draußen. Auf dem Weg zu den Autos denke ich über den Mord an Mrs. Mainway nach. Ich kann nicht glauben, dass so etwas in unserem Haus passiert ist. Und wieder muss ich an den Mann denken, der unter der Laterne stand und das Haus beobachtete. Da ich so vertieft in meine Arbeit bin, erschrecke ich regelrecht, als mich jemand von hinten an der Schulter packt.

Kapitel 3

Ich wirbele herum und kreische. „Hey, alles gut. Ich wollte dich nicht erschrecken." Hinter mir steht Rose. „Du, jetzt wo du da bist, kann ich ja schnell zur Post, oder? Ich war nicht zuhause als das Paket mit meinen neuen Tischdecken kam. Die Schlüssel von dem Jeep liegen im Regal. Familie Humboldt kommt so um 11 Uhr. Ach, und ein Herr Blazer kommt später noch vorbei, aber da bin ich wahrscheinlich schon wieder da." Als ich zustimmend nicke, macht Rose sich auf den Weg. Ich bin gerade mit der Dokumentation der Schäden fertig, als ein Mann mittleren Alters die Autovermietung betritt. „Hallo, mein Name ist Blazer, aber nenn mich doch Thomas. Ich wollte eines eurer Autos mieten. Kann man dich dazu mieten?" Na, der ging ja mal ran. Ich bleibe beim Siezen. „Guten Tag, welches Modell hätten Sie denn gerne? Ich könnte Ihnen einen Duster anbieten." „Gern." „Ok, dann bräuchte ich einmal Ihre Daten." Während ich mir seine Daten notiere, lässt er mich keine Sekunde aus den Augen. „Ok, hier sind Ihre Schlüssel. Bitte bringen Sie den Wagen am angegebenen

Zeitpunkt zurück." „Sicher doch. Und was ist mit dir, Süße? Kommst du mit?" „Nein, mich können Sie nicht buchen. Außerdem habe ich einen Freund." „Schade, aber…" Er kann seinen Satz nicht beenden, da die Tür aufgerissen wird und eine Horde Kinder hereinstürmt. So werde ich Herrn Blazer schnell los und kann mich um Familie Humboldt kümmern. „…und dann habe ich ihm erstmal einen Korb gegeben.", erzähle ich gerade Rose. „Da siehst du mal. Du bist so hinreißend, jeder will dich haben. Und mich?" „Du findest sicher auch noch jemanden. Und Erik findet dich bestimmt attraktiv." „Erik, was weiß der schon. Er maunzt den ganzen Tag und mag mich, wenn ich ihm Futter gebe oder ihn streichele." Wir müssen lachen. „Ok, ich geh dann mal.", sagt Rose. „Ja, bis morgen." Rose ist gerade zur Tür raus, da nehme ich einen Schatten zwischen den Autos wahr. Schnell sprinte ich zur Tür, schließe sie von außen ab und will zu meinem Auto rennen, da packt mich was von hinten und hält mich fest.

Kapitel 4

Ich schreie und versuche den Angreifer zu beißen. Im nächsten Moment höre ich einen Schmerzensschrei. Ich habe ihn in die Hand gebissen. Schnell winde ich mich aus dem Arm des Angreifers und blicke in das schmerzverzerrte Gesicht von Christopher, meinem Freund. „Hey Schatz.", stöhnt er. „Oh nein, Christopher, ich habe dich nicht erkannt. Es tut mir so leid."; entschuldige ich mich bei ihm. „Na, immerhin weiß ich jetzt, dass du dich verteidigen kannst.", gibt er leicht schmunzelnd zurück. Christopher fährt mit mir zusammen nach Hause und wir machen es uns auf dem Sofa bequem. Eigentlich wollte ich Christopher nichts von dem Mord erzählen, damit er sich keine Sorgen macht, doch er hat im Hausflur die zerschossene Tür von Mrs. Mainway gesehen. Jetzt ist er außer sich vor Sorge. „Du wohnst hier keine Sekunde länger. Du ziehst noch heute bei mir ein." „Ok, Schatz, wenn du meinst." Normalerweise stimme ich bei Übernachtungsangeboten nicht sofort zu, da ich niemanden stören möchte, aber heute stimme ich sofort zu, weil ich selbst hier raus möchte. Ich packe ein paar Sachen und wir fahren zu Christopher. Am nächsten Morgen wache ich erst spät auf. Ich hatte lange nicht mehr so gut geschlafen. Ein Blick auf die Uhr verrät mir, dass es bereits nach zehn ist. Ich schrecke hoch. Mist, ich werde wieder zu spät kommen, denke ich. „Na, Schatz, gut geschlafen?", begrüßt mich Christopher. „Rose hat angerufen. Sie hat in der Zeitung von dem Mord gelesen und dein Haus auf einem Bild wiedererkannt. Sie hat Heinrich davon erzählt und er hat beschlossen, dass du erstmal frei hast." Ich bin erleichtert, so einen kleinen Urlaub kann ich jetzt gut gebrauchen. Christopher hat mir Frühstück gemacht und wir essen im Bett. „Musst du heute nicht arbeiten?", frage ich ihn. „Nein, erst später. Mein Kollege schafft das vorerst allein." Christopher ist Abteilungsleiter in einer Firma für Stromnetze. Nachdem Christopher am frühen Nachmittag zur Arbeit gegangen ist, beschließe ich, einkaufen zu gehen. Im Supermarkt beschleicht mich die ganze Zeit das Gefühl, jemand würde mir folgen. Doch immer, wenn ich mich umdrehe, ist da niemand. Ich beschließe, mir keine Gedanken zu machen. „Hallo, Süße.", tönt es da plötzlich an meinem Ohr. Mr. Blazer steht genau neben mir. „Na, hast du es dir nochmal überlegt mit uns beiden?" „Nein, denn ich habe bereits einen Freund. Lassen Sie mich einfach in Ruhe.", fauche ich ihn an. „Na, das wirst du noch bereuen." Und so schnell wie er gekommen ist, ist er auch wieder verschwunden.

Kapitel 5

Am nächsten Morgen beschließe ich, Christophers Wohnung auf Vordermann zu bringen. Er ist nicht besonders begeistert. „Es ist zwar nicht so ordentlich, dafür aber gemütlich und ich fühle mich wohl hier", versucht er mich zu überzeugen, es nicht zu tun. Ich lasse mich vorerst davon abbringen. Christopher holt Brötchen und wir frühstücken auf seinem kleinen Balkon. Die Vögel zwitschern und es könnte ein schöner Sommertag werden. „Was hältst du davon, wenn wir ein bisschen Urlaub machen? Ich könnte mir nächste Woche freinehmen und wir fahren hoch an die Küste. Natur, Wandern, nur wir beide. Was meinst du?", fragt Christopher mich. Urlaub klingt super, nichts wie weg hier. Weit weg von allem. Und so stimme ich zu. Nachdem Christopher zur Arbeit gefahren ist, mache ich mich doch an seine Wohnung. Alles kommt wieder an seinen ursprünglichen Platz. Nur was ich mit seiner Wäsche mache, weiß ich nicht. Sein Wäschekorb ist randvoll und seine Waschmaschine kaputt. Ich lege die Wäsche beiseite und recherchiere nach einem

Ferienhaus. Ich finde ein süßes, kleines Holzhaus direkt am Meer. Nur von Wasser und Natur umgeben, weit weg von dem nächsten Ort. Genau das Richtige. Nachdem ich es gebucht habe, beschließe ich, Christophers Wäsche mit zu mir zu nehmen. Ich wollte sowieso noch ein paar Sachen aus meiner Wohnung holen. Es ist richtig warm geworden, bemerke ich, als ich aus dem Auto steige. Ich ziehe die Strickjacke aus und grüße den Postboten, der wie jeden Tag auf die Minute pünktlich ist. Ich schließe die Haustür auf. Ein mulmiges Gefühl ist schon dabei, wenn ich daran denke, gleich an Mrs. Mainways Tür vorbei zu müssen. Sammy und Jumper jaulen und bellen durchs ganze Haus. Das machen sie manchmal, wenn sie großen Spaß haben. Ich gehe zuerst in den Keller. Christophers Wäsche füllt eine ganze Maschine. Auf dem Weg zu meiner Wohnung höre ich immer noch die beiden Huskys. Ich entscheide, Ms. O'Nelly zu besuchen. Ich klingele und klopfe, doch sie öffnet einfach nicht. Sie lässt Sammy und Jumper nie allein Zuhause. Mit dem Ersatzschlüssel, den wir unter uns Nachbarn ausgetauscht haben, öffne ich vorsichtig die Tür.

Der Garderobenständer liegt im Flur. „Ms. O'Nelly!", rufe ich. Nichts. Keine Antwort. Ich betrete den Flur. Die Küche sieht aufgeräumt aus. Das Bellen kommt aus dem Wohnzimmer. Langsam mache ich mich auf den Weg dorthin. Noch bevor ich das Wohnzimmer voll einsehen kann, sehe ich den Schwanz eines Huskys und einen Fuß. Und dann sehe ich Ms. O'Nelly. Sie liegt ausgestreckt auf dem Teppich in einer großen Blutlache.

Kapitel 6

Detective Dungeé versucht mich zu beruhigen. Ich habe es gerade so noch geschafft ihn anzurufen. Ich bin völlig fertig. Erst Mrs. Mainway und jetzt auch noch Ms. O'Nelly. Bestimmt ein Dutzend Polizisten wuseln durch das Haus. Sammy und Jumper liegen neben mir. Die Polizei wollte sie in ein Tierheim bringen, aber ich habe mich dazu bereiterklärt sie aufzunehmen. „Das ist das Letzte, was ich für Ms. O'Nelly tun kann.", hatte ich gesagt. Aber ich glaube, ich wollte mich nur selbst beruhigen und mich irgendwo dran festhalten zu können. „Kommen Sie, Ms. McKinley, ich bringe sie zu ihrem Freund.", sagt Detective Dungeé. Ich hatte ihm bereits erzählt, dass ich bei Christopher wohne, nachdem er vorgeschlagen hatte, dass ich in ein Hotel gehen soll. „Ich muss noch ein paar Sachen aus meiner Wohnung holen und Wäsche aus dem Keller.", erwidere ich. „Gut, machen Sie das. Ich werde so lange ein paar Hundesachen zusammenpacken." Ich hole Christophers Wäsche aus der Waschmaschine, die inzwischen fertig ist. Als ich in meine Wohnung gehen will, bemerke ich, dass die Tür nur angelehnt ist. Schnell laufe ich, mit dem Wäschekorb unter dem Arm, die Treppe hoch. „Jemand war in meiner Wohnung.", rufe ich Detective Dungeé zu. Er steht gebückt über einer Kiste und sortiert Hundespielzeug. Sofort schaut er auf und wir gehen zu meiner Wohnung. Zwei Polizisten gehen zuerst rein und durchsuchen jeden Raum. Als sie wieder rauskommen, geben sie Entwarnung. Niemand ist in der Wohnung. „Was soll das alles? Wer macht so etwas?", frage ich Detective Dungeé auf dem Weg zu Christopher. Ich sitze auf dem Beifahrersitz von Detective Dungeés altem Chevrolet. Sammy und Jumper sitzen auf der Rückbank. „Ich kann es Ihnen noch nicht sagen, Ms. McKinley. Es tut mir leid. Wir ermitteln in alle Richtungen." „Ich habe erst heute ein Ferienhaus an der Küste gebucht. Christopher und ich wollten nächste Woche hinfahren. Aber jetzt." „Doch fahren Sie ruhig hin.", ermutigt mich Detective Dungeé. „Abstand wird ihnen guttun. Und den Hunden wird es auch gefallen. Huskys brauchen viel Auslauf." Ich füttere Sammy und Jumper, während Detective Dungeé mit Christopher spricht. Danach ist

Christopher schon wieder voller Sorge. „Warum bist du allein hingefahren. Du hättest warten können, bis ich von der Arbeit zurück bin. Wir wären heute Abend zusammen hingefahren.", sagt Christopher. „Ich wollte dich überraschen mit deiner frisch gewaschenen Wäsche." Die Wäsche liegt nass im Wäschekorb in der Küche. Wir hängen sie nicht zum Trocknen auf, weil Jumper auf der Fahrt in Detective Dungeés Auto die Wäsche als Toilette benutzt hat. Er war noch so verwirrt, weil sein Frauchen nicht mehr da ist, dass er nicht warten konnte. „Nächste Woche spannen wir richtig aus.", meint Christopher. Ich bin mir da nicht so sicher, ob ich mich jetzt erholen kann. Ich fühle mich unwohl und als wir am Abend mit Sammy und Jumper einen Spaziergang machen, habe ich das Gefühl, dass uns jemand die ganze Zeit beobachtet.

Kapitel 7

Es ist Montagmorgen. In ein paar Stunden fahren wir an die Küste. Christopher ist noch schnell einkaufen gegangen. Ich packe meinen Koffer. Sammy und Jumper wuseln um mich herum. Sie sind schon ganz aufgeregt. Da klingelt das Telefon. Es ist Detective Dungeé. „Guten Morgen, Ms. McKinley. Ich hoffe, ich störe Sie nicht beim Frühstück." „Nein, Sie stören nicht. Gibt es neue Erkenntnisse?" „Genau, deshalb rufe ich an. Es ist so, dass wir davon ausgehen, dass es jemand auf einen der Hausbewohner abgesehen hat, er aber nicht weiß, in welcher Wohnung derjenige wohnt und deshalb solange Bewohner umbringt, bis er den Richtigen erwischt hat. Da der Täter vermutlich auch bereits in Ihrer Wohnung war, ist es ganz gut, dass Sie jetzt erstmal in den Urlaub fahren. Wir werden in der Zwischenzeit versuchen, den Täter zu finden." „Das ist so furchtbar. Denken Sie, dass ich das Ziel des Täters sein könnte?" „Wer das Ziel, ist können wir noch nicht genau sagen. Bisher gehen wir lediglich davon aus, dass der Mörder auch in ihrer Wohnung war. Sicher sind wir uns nicht. Das werden die weiteren Ermittlungsschritte zeigen." „Danke, Detective Dungeé, dass Sie mich informiert haben. Wir werden auch gleich losfahren." Detective Dungeé wünscht uns eine gute Fahrt und einen schönen Urlaub. Dann legt er auf. Ich bleibe wie erstarrt stehen. Hat es wirklich jemand auf mich abgesehen? Und wenn ja, wer könnte es sein? Christopher kommt zurück. Ich höre seinen Schlüssel im Schloss. Er hat alles bekommen und sogar noch eine große Wassermelone mitgebracht. Ich liebe Wassermelonen. „Ich weiß doch, wie gerne du die magst.", sagt Christopher und grinst. Ich erzähle ihm von dem Anruf von Detective Dungeé. „Was für ein Mistkerl. Wer macht sowas?" „Ich weiß es nicht, aber ich habe Angst, dass ich sein Ziel bin." „Hey, wir fahren jetzt an die Küste. Da findet uns niemand.", versucht Christopher mich zu beruhigen. Eine halbe Stunde später sitzen wir im Auto. Sammy und Jumper auf der Rückbank und ich, mit der Wassermelone auf dem Schoß, auf dem Beifahrersitz. Wir holen die Schlüssel für unser Ferienhaus ab und folgen der Straße in Richtung Meer. Es ist blauer Himmel, ein paar Möwen drehen ihre Runden. Am Straßenrand steht ein steinerner Pavillon. Die Straße schlängelt sich vorbei an Wäldern und Wiesen. Immer mal wieder kann man einen Blick auf das Meer werfen. Das letzte Stück zu unserem Haus ist nur noch eine Schotterstraße. Und dann sind wir da. Es sieht alles genau so aus, wie ich es mir vorgestellt habe. Wir lassen die Hunde raus und erkunden das Haus. Am Abend machen wir ein Lagerfeuer und grillen Würstchen. Als Christopher und ich später im Bett liegen, denke ich lange über den Mörder nach. Ich kann erst einschlafen, als Sammy sich zu mir ins Bett kuschelt.

Kapitel 8

Der nächste Morgen verspricht ein schöner Tag zu werden. Im Haus duftet es nach Waffeln und Kaffee. Ich ziehe mir meinen Morgenmantel an und gehe zu Christopher in die Küche. „Guten Morgen, Schatz. Hast du gut geschlafen?" „Guten Morgen. Ja es ging so. Ich habe noch ziemlich lange über die Morde nachgedacht."
„Hey, wir machen uns einen schönen Urlaub. Was hältst du von einem Spaziergang am Strand, damit wir mal richtig durchgepustet werden."
Erst jetzt bemerke ich, dass es ziemlich windig ist. Ich gehe auf die Veranda und schaue runter zum Meer. Die Wellen tragen weißen Schaum mit sich. Trotz des Windes ist es angenehm warm. Die Sonne drängt sich immer mal wieder zwischen den Wolken hindurch. Nach dem Frühstück machen wir einen ausgedehnten Spaziergang. Als wir zum Mittagessen in einen Imbiss einkehren, habe ich die Gedanken an die Morde tatsächlich verdrängt. Ich versuche, einfach unseren Urlaub zu genießen.
Am Abend kocht Christopher für uns und wir schauen einen Film. Und da war es. Es war nur

eine kleine Bewegung, aber ich habe sie sofort gesehen. „Christopher, da ist jemand im Garten!" Christopher geht ans Fenster und guckt raus. Jumper steht neben ihm und bellt. „Da ist niemand. Vielleicht war es nur ein Eichhörnchen." Ich bin mir sicher, dass es kein Eichhörnchen war, doch um den schönen Abend nicht zu vermasseln, belasse ich es dabei. Bis ich erneut eine Bewegung bemerke. Eine Person läuft durch den Garten. Fast im selben Moment fangen beide Hunde an zu bellen. Christopher geht erneut zum Fenster, doch wieder sieht er nichts. Dann öffnet er die Tür und geht in den Garten. „Halt die Hunde fest!", sagt er zu mir. „Christopher, sei bitte vorsichtig!" Christopher schaut hinter den Büschen, beim Auto und sogar im Gartenhaus nach. Doch er findet nichts. „Es war ein langer Tag. Lass uns ins Bett gehen.", schlägt er vor. Denkt er wirklich, ich habe mir das alles nur eingebildet? Christopher lässt die Rollläden runter und schaltet das Licht im Wohnzimmer aus. Wir gehen ins Bett, doch viel Schlaf bekomme ich diese Nacht nicht.

Kapitel 9

Beim Frühstück erzählt Christopher mir von dem Naturkundemuseum aus dem Reiseführer. „Ich weiß, du findest Museen nicht so toll, aber ich würde gerne hingehen. Ist das okay für dich? Du könntest die Stadt erkunden." Ich stimme zu und so macht Christopher sich bereits kurz nach dem Frühstück auf den Weg. Ich räume noch die Küche auf und verlasse dann auch das Haus. Es ist immer noch windig, aber nicht mehr so schlimm wie gestern. Ich gehe die Straße in die Stadt zu Fuß. Christopher hat das Auto genommen. Sammy und Jumper gehen brav an der Leine neben mir. In der Stadt stöbere ich durch kleine Geschenkeläden und kaufe Souvenirs. Danach gehe ich in einen kleinen Park. Auf einer Wiese spielen einige Hunde miteinander. Ich lasse Sammy und Jumper von der Leine und sie stürzen sich ins Gewühl. Ich sitze allein auf einer Bank, bis sich eine junge Frau zu mir setzt. „Hallo, ich bin Anna. Welcher ist deiner?", fragt sie und zeigt auf die Hunde. „Die beiden Huskys. Sie heißen Sammy und Jumper." Ich erzähle ihr nicht, dass es eigentlich die Hunde von Ms. O'Nelly sind und ich sie nur habe, weil sie ermordet wurde. Aber ich denke das ist auch nicht wichtig. Hier geht es um den Austausch mit anderen Hundebesitzern. „Meiner heißt Charly. Es ist der dort drüben.", sagt sie und zeigt auf einen Border Collie. Wir unterhalten uns über die verschiedenen Verhaltensweisen von Hunden und ich lerne dabei noch was. Nach einer Stunde fragt sie mich, ob ich Lust hätte mit ihr in ein Café zu kommen. Und so leinen wir unsere Hunde wieder an und machen uns auf den Weg. Ich esse ein großes Stück Apfelkuchen und trinke einen Cappuccino. Wir sind vom Hundethema abgeschweift und unterhalten uns, als würden wir uns schon ewig kennen. „So, ich muss dann auch langsam los. Ich habe noch einen Friseurtermin.", sagt Anna irgendwann. Sie holt einen Zettel aus ihrer Tasche und schreibt ihre Telefonnummer auf. „Ruf doch mal an, vielleicht können wir uns nochmal sehen, solange ihr noch hier seid." Ich freue mich jemanden kennengelernt zu haben und trinke meinen Cappuccino aus. Dabei fällt mein Blick auf ein Auto, das auf der gegenüberliegenden

Straßenseite steht. Es ist ein orangefarbener Duster. An dem Nummernschild erkenne ich sofort, dass das Auto von einer Autovermietung stammt. Und zwar von der, in der ich arbeite. Es ist der Duster, den ich an Mr. Blazer vermietet habe. Er ist hier!

Schnell bezahle ich und verlasse das Café. Wie lange steht er da schon und beobachtet mich? Beim Vorbeigehen sehe ich, dass er in dem Wagen sitzt. Er guckt genau in meine Richtung. Ich beschleunige meine Schritte. Sammy und Jumper wissen gar nicht was los ist und ich muss sie regelrecht hinterherziehen. Ich biege in die Straße ein, die zu unserem Haus führt. Ich spüre seine Blicke hinter mir, doch ich drehe mich nicht um. Stattdessen fange ich an zu rennen. Auf der Straße fahren nur vereinzelt Autos und auf dem Schotterweg, den ich gleich entlang muss, fährt gar kein Auto. Ich fühle mich allein. Erst als ich den steinernen Pavillon erreicht habe, drehe ich mich um. Ich rechne damit, dass Mr. Blazer direkt hinter mir steht.

Kapitel 10

Nichts. Bis auf einen Traktor, der langsam die Straße entlang fährt, ist da nichts und niemand. Erleichtert sinke ich auf eine Bank in dem Pavillon. Ich bin ganz außer Atem und muss mich erstmal erholen. Der Wind hat wieder deutlich zugelegt und in der Ferne sehe ich eine schwarze Wolkenwand. Als ich den Pavillon verlasse und weitergehe, donnert es. Ich beeile mich und schaffe es ins Haus, bevor es anfängt zu regnen. Christopher ist noch nicht da. Ich hole mein Handy aus der Tasche. Er hat mir eine SMS geschrieben: Hey, Schatz, das Museum war super. Ich habe einen alten Schulkameraden getroffen, Steve. Hast du was dagegen, wenn wir noch was trinken gehen? Hab dich lieb. Ich tippe eine Antwort. Eigentlich finde ich es gerade jetzt, wo ich Mr. Blazer gesehen habe, nicht so toll, aber ich möchte, dass Christopher einen schönen Abend hat. Mr. Blazer ist mir nicht gefolgt. Er weiß nicht, wo wir wohnen und ich habe die Hunde, also alles gut. Ich koche mir Nudeln mit Tomatensoße. Der Wind hat sich in einen Sturm verwandelt, der ums Haus pfeift. Ich höre, wie die Wellen gegen die Felsen links von unserem Haus schlagen. Es regnet in Strömen und donnert im Sekundentakt. Das Wetter ist perfekt für einen gemütlichen Abend auf dem Sofa. Ich setze mich mit meinen Nudeln vor den Fernseher und zappe durch die Programme. Bei einer Komödie bleibe ich hängen. Ich bin schon fast auf dem Sofa eingeschlafen, als Sammy und Jumper anfangen zu bellen. Bis jetzt hat ihnen das Gewitter nichts ausgemacht und sie haben neben mir gelegen. Warum bellen sie dann so plötzlich? Sie werden ganz unruhig und laufen zum Fenster. Ich stelle meinen Teller auf den Tisch und folge ihnen. Zuerst kann ich nichts Ungewöhnliches entdecken. Doch dann, als das Grundstück von einem Blitz erleuchtet wird, sehe ich es auch. Auf der Einfahrt steht ein dunkel gekleideter Mann. Zuerst denke ich, es ist Christopher, aber dann fällt mir auf, dass der Mann viel größer und kräftiger ist als Christopher. Der Mann beginnt in Richtung Haus zu laufen. Dabei scheint es ihn nicht zu stören, dass die Hunde bellen, was man sicherlich bis draußen hört. Ich bekomme Angst. Ich hole mein Handy und tippe Christophers Nummer ein. Es klingelt, aber er geht nicht ran. Ich versuche es erneut, doch er geht wieder nicht ran. Der Mann hat inzwischen die Veranda erreicht. Bei einem erneuten Blitz erkenne ich ihn. Es ist Mr. Blazer.

Er geht zur Haustür und rüttelt dran. Sie geht nicht auf. Ich schnappe mir die Hunde und laufe mit ihnen ins Schlafzimmer im ersten Stock. Ich schließe die Tür ab. Immer wieder versuche ich, Christopher anzurufen, doch er nimmt einfach nicht ab. Die Hunde bellen noch immer und ich versuche sie, still zu bekommen. Als sie endlich aufhören zu bellen, höre ich ein Klirren aus dem Erdgeschoss. Mr. Blazer hat ein Fenster eingeschlagen.

Kapitel 11

Ich versuche es noch einmal bei Christopher, doch als er wieder nicht rangeht, gebe ich auf und krame nach der Visitenkarte von Detective Dungeé. Er hat sie mir nach dem Mord an Mrs. Mainway gegeben. „Komm raus. Wo bist du?", ruft Mr. Blazer. Ich verstecke mich hinter dem Bett, auch wenn ich glaube, dass es nicht viel bringt, sollte er einen Weg finden ins Schlafzimmer zu kommen. Mr. Blazer klappert in der Küche mit Geschirr. „Ich liebe Nudeln mit Tomatensoße. Das ist unsere erste Gemeinsamkeit." Er klingt begeistert, aber irgendwie auch besessen. Ich möchte keine Gemeinsamkeit mit Mr. Blazer haben und tippe schnell Detective Dungeés Nummer in mein Handy. Es klingelt. Komm schon, geh ran. Es klingelt erneut. Insgesamt klingelt es fünfmal, bevor er sich meldet. „Dungeé!", sagt eine verschlafene Stimme. „Detective Dungeé, ich bin ja so froh, dass sie ran gehen. Mr. Blazer ist in unserem Ferienhaus. Er sucht nach mir. Er ist verrückt." „Ms. McKinley sind Sie das?" „Ja. Bitte, Sie müssen irgendwas unternehmen."

Bevor Detective Dungeé antwortet, höre ich die Schritte von Mr. Blazer auf der Treppe. Er kommt. „Wo ist denn meine Süße?", säuselt er. „Detective Dungeé, sind Sie noch dran?" Ich merke, wie ich panisch werde. Sammy und Jumper liegen neben mir neben bzw. unter dem Bett. „Ja, Ms. McKinley. Ich muss ehrlich zugeben, dass ich etwas verwirrt bin. Wer ist Mr. Blazer und warum ist er verrückt? Wo befinden Sie sich gerade?" „Ich kenne Mr. Blazer von der Autovermietung, in der ich arbeite. Seitdem verfolgt und beobachtet er mich. Und jetzt ist er in unserem Haus. Ich habe mich im Schlafzimmer eingeschlossen, aber er muss irgendwo vor der Tür sein. Unser Ferienhaus liegt an der Küste, in der Nähe von Hunstanton." „Gut, ich werde die örtliche Polizei informieren. Bleiben Sie im Schlafzimmer und versperren Sie die Tür mit einem Möbelstück." Dann legt er auf. „Detective Dungeé? Detective Dungeé?" Das kann nicht wahr sein, er hat einfach aufgelegt. Ich kann die Panik nicht mehr zurückhalten. Sie bricht voll aus. Ich merke, wie ich immer schneller atme. Jumper legt seinen Kopf auf meinen Schoß. Ich streichle ihn. Detective

Dungeé wird die Polizei informieren, darum hat er aufgelegt, versuche ich mich zu beruhigen. Dann erinnere ich mich daran, was er gesagt hat. Ich stehe auf und gehe zur Kommode. Sie ist außer dem Bett und zwei kleinen Nachttischen das einzige Möbelstück im Schlafzimmer. Die Nachttische sind sicherlich leichter, aber sie werden der Tür nicht standhalten. Also drücke ich gegen die Kommode. Sie bewegt sich keinen Zentimeter. Plötzlich bewegt sich die Türklinke. Mr. Blazer versucht die Tür zu öffnen. Ich stemme mich mit meinem ganzen Gewicht gegen die Kommode und langsam beginnt sie sich zu bewegen. Ich schiebe sie Richtung Tür. Doch bevor ich die Tür erreiche, beginnt Mr.Blazer gegen die Tür zu treten und dann ist es soweit. Die Tür gibt nach und Mr. Blazer steht im Schlafzimmer.

Kapitel 12

„Da bist du ja!", sagt er glücklich. Ich bleibe wie erstarrt stehen. Sammy und Jumper bellen und knurren. Mr.Blazer holt eine Tüte aus seiner Jackentasche. Er gibt den Huskys ein paar Leckerli und schon sind sie abgelenkt. „Entschuldige, ich bin etwas nass geworden.", entschuldigt sich Mr.Blazer. Erst jetzt bemerke ich, dass er ziemlich durchnässt ist. Langsam kommt er auf mich zu. Ich löse mich aus meiner Starre, greife nach einer Nachttischlampe und schleudere sie in die Richtung von Mr. Blazer. Er weicht ihr geschickt aus. Die Lampe trifft auf die Wand und zerbricht im Flur. Mr.Blazer lacht und streckt den Arm nach mir aus. „Die Arme nach oben und langsam umdrehen." Die Worte kamen nicht aus Mr.Blazers Mund. Ich gehe einen Schritt nach links und sehe im Flur, hinter Mr. Blazer, Polizisten stehen. Erleichtert sinke ich aufs Bett. Mr.Blazer vergeht das Lachen, als er die Polizisten erblickt. „Sie sind jetzt in Sicherheit.", sagt einer der Polizisten zu mir, nachdem sie Mr.Blazer aus dem Haus gebracht haben. Ich bin so erleichtert und glücklich, dass ich den Polizisten zum Dank umarme. Als ich wenig später das Haus verlasse, hat es aufgehört zu regnen. Das Gewitter grummelt noch etwas über dem Meer. Auch der Wind hat sich gelegt. Überall auf dem Grundstück stehen Polizeiautos und über dem Haus kreist ein Hubschrauber, der alles hell erleuchtet. Als ein Mann auf mich zu rennt, zucke ich erst zusammen, doch dann erkenne ich Christopher. „Schatz, was ist hier los? Geht es dir gut? Ich habe schon von Weitem den Hubschrauber gesehen und mir Sorgen gemacht." „Ich habe versucht dich anzurufen. Mr.Blazer war hier. Er ist ins Haus eingebrochen und hat mich bedroht. Ich habe Detective Dungeé angerufen und er hat dann die Polizei gerufen." Christopher holt sein Handy raus. „Oh, Mist, ich habe das wirklich nicht gehört. Es tut mir so leid. Aber wer ist dieser Mr. Blazer?" „Ich habe ihn in der Autovermietung kennengelernt. Seitdem stalkt er mich." „Nancy, warum hast du mir das nie erzählt?" Das weiß ich auch nicht. Aber es spielt jetzt auch keine Rolle mehr. Die Polizei hat Mr.Blazer verhaftet. Er kann mir nichts mehr tun. Als Mr.Blazer zu einem der Streifenwagen an uns vorbeigeführt wird, schaut er nur mich an. „Ich krieg dich noch.", flüstert er in meine Richtung.

Kapitel 13

Christopher und ich fahren noch in der Nacht nach Hause. Ich hätte es keine Sekunde länger in dem Haus ausgehalten. Im Nachhinein bereue ich es, ein Haus ausgewählt zu haben, das weit weg von dem nächsten Ort oder anderen Häusern steht. Während der Fahrt reden wir nicht miteinander. Ich sage nichts, weil mich das gerade erst Geschehene noch zu sehr beschäftigt und ich denke, dass Christopher nichts sagt, weil er ein schlechtes Gewissen hat. Seine Freundin war in großer Gefahr und er war feiern und hat sein Handy nicht gehört. Zuhause angekommen falle ich ins Bett und obwohl ich nicht damit gerechnet habe, schlafe ich sofort ein.

Als ich aufwache ist es bereits ein Uhr mittags. Ich stehe auf und gehe in die Küche. Auf dem Tisch liegt ein Zettel von Christopher: Hey, Schatz, ich gehe mit Sammy und Jumper eine Runde spazieren. Wir bringen Brötchen mit. Christopher!
Ich mache mir erstmal einen Kaffee und setze mich an den Küchentisch. Es ist ein Tag her, seit

Mr. Blazer in unser Ferienhaus eingedrungen ist und Christopher lässt mich schon wieder allein. Und die Hunde nimmt er auch noch mit. Ich schrecke aus meinen Gedanken auf, als es an der Tür klingelt. Ich denke sofort an Mr. Blazer. Langsam stehe ich auf. Meine Beine sind so weich wie Butter. Ich schaue mich suchend nach etwas um, mit dem ich ihn abwehren kann. Auf dem Weg zur Tür nehme ich den Haartrockner aus dem Bad mit. Mein ganzer Körper ist in Alarmbereitschaft und je näher ich der Tür komme, umso schlimmer wird es. Vorsichtig schaue ich durch den Spion.

Kapitel 14

Es ist nicht Mr. Blazer. Vor der Tür steht ein unbekannter Mann. Er schaut ernst und ich fürchte, dass er sich über zu lautes Gebell oder falsch entsorgten Müll beschweren will. Ich hänge die Kette ein und öffne langsam die Tür. „Ah, ich dachte schon, es wäre niemand da.", sagt der mir fremde Mann. „Ich wollte Sie nicht beim Föhnen stören." Verwirrt schaue ich ihn an. Dann merke ich, dass ich noch den Föhn in der Hand habe. „Nein, Sie haben mich nicht gestört.", stottere ich. „Ich bin Max und wohne in der Wohnung nebenan. Ich habe gesehen, dass Sie zwei Huskys haben. Wenn Sie mal niemanden haben, der auf die beiden aufpasst oder jemanden brauchen, der mit den beiden spazierengeht, kommen Sie einfach zu mir. Ich bin Rentner und viel allein." „Oh, das ist wirklich toll. Vielen Dank.", antworte ich überrascht. Ich hatte nicht so viel Nettigkeit und Hilfsbereitschaft von ihm erwartet. Ich hänge die Kette aus und öffne die Tür ganz. „Ich bin Nancy.", stelle ich mich vor. Wir unterhalten uns noch ein bisschen, bis die Enkelin von Max auftaucht, um ihren Großvater in die Stadt zu begleiten. Wir verabschieden uns und ich schließe die Tür. Ich habe unbezahlten Urlaub genommen. Die Wohnung kann ich momentan gar nicht verlassen. Nicht, solange ich nicht weiß, ob Mr. Blazer noch irgendwo da draußen lauert. Fast jeden Tag rufe ich Detective Dungeé an und frage ihn nach Neuigkeiten. Doch er möchte sich erst ganz sicher sein, bevor er jemandem von den Ermittlungsergebnissen erzählt. Christophers Urlaub ist vorbei und so ist er die meiste Zeit nicht da. Sammy und Jumper bringe ich zum Gassi gehen zu Max. Der freut sich jedes Mal. Die drei sind schon richtig gute Freunde geworden. Heute bringt Christopher einige Taschen mit, als er nach Hause kommt. Ich hatte ihn gebeten, mir ein paar Klamotten aus meiner Wohnung zu holen. Während ich versuche, für meine Sachen einen Platz zu finden, klingelt es an der Tür. Christopher macht auf. Sofort erkenne ich Detective Dungeés Stimme. Wir setzen uns ins Wohnzimmer. „Haben Sie den Mörder gefunden?", frage ich sofort. „Leider nein. Mr. Blazer hat zugegeben, dass er gerne eine Freundin hätte, die so ist wie

Sie. Da er schon öfters Frauen gestalkt hat und wir auch nicht ausschließen können, dass er es wieder macht, wurde er vorerst in eine geschlossene Einrichtung eingewiesen." Erleichtert atme ich auf. Trotzdem bleibt das beklemmende Gefühl, denn der Mörder ist noch da draußen. „Für den Mord an Ms. O'Nelly hat er als Alibi eine Geschäftsreise nach Calais angegeben. Während der genauen Tatzeit befand er sich in Dover an der Zufahrt zum Eurotunnel. Er wurde dort von einer Überwachungskamera aufgenommen. Da wir davon ausgehen, dass Ms. O'Nelly und Mrs. Mainway vom selben Täter getötet wurden, kommt er auch für den Mord an Mrs. Mainway nicht in Frage." „Auch wenn Sie den Mörder noch nicht gefunden haben, bin ich froh, dass Mr. Blazer mir nichts mehr tun kann.", gebe ich zu. „Ja, das ist schon mal eine große Erleichterung.", meint auch Christopher. „Wir werden weiter ermitteln.", verspricht Detective Dungeé. „Erinnern Sie sich noch an den Mann, den Sie an dem Abend bevor Mrs. Mainway getötet wurde unter der Laterne vor Ihrem Haus gesehen haben? Ms. O'Nelly hatte mir ebenfalls von diesem Mann erzählt." „Ja, ich erinnere mich noch an ihn." „Könnten Sie in mir genauer beschreiben?", fragt Detective Dungeé mich. „Ja, ich denke das bekomme ich hin." Obwohl es schon so lange her ist, dass ich den Mann gesehen habe, kann ich mich noch gut an ihn erinnern.

Kapitel 15

Dennoch kann ich Detective Dungeé nicht viel mehr sagen, als dass er dunkel gekleidet war, und zwar von Kopf bis Fuß. „Ist Ihnen ein besonderes Merkmal aufgefallen? Irgendein Markenname vielleicht oder etwas Besonderes im Gesicht? Er stand ja unter einer hellen Laterne.", fragt Detective Dungeé mich. „Nein, er war komplett schwarz gekleidet. Sonst kann ich nur sagen, dass sein Blick auf das Haus gerichtet war." Es fällt mir schwer, dass ich nicht mehr über den Mann sagen kann. Ms. O'Nelly hatte ihn auch gesehen, doch sie kann ihn nicht mehr beschreiben. Ich bin jetzt die Einzige, die vielleicht den Mörder von Mrs. Mainway und Ms. O'Nelly gesehen hat. „Ich glaub, ich muss da was aufklären.", sagt Christopher unerwartet. Ich schaue in Christophers Richtung und auch Detective Dungeé schaut ihn erwartungsvoll an. „Ich habe an dem Abend unter der Laterne gestanden. Ich wusste nicht, dass die Person unter der Laterne so wichtig ist für die Ermittlungen, sonst hätte ich früher etwas gesagt. An dem Abend… ich wollte dich etwas fragen, aber dann habe ich mich nicht getraut.", stottert Christopher. „Ich muss dann auch wieder los.", unterbricht ihn Detective Dungeé. „Eine letzte Frage noch. Ist Ihnen an dem Abend irgendwas bei dem Haus Ihrer Freundin aufgefallen oder war etwas merkwürdig?" fragt er Christopher. „Nein. Nicht das ich wüsste." Detective Dungeé verabschiedet sich. Ich starre Christopher an. „Christopher, was ist los?", frage ich ihn. „Nancy, wir kennen uns jetzt schon so lange. Ich möchte mehr mit dir verbunden sein als nur durch Freundschaft." Er kniet sich vor mich. „Nancy McKinley, möchtest du meine Frau werden?" Ich bin total überrascht. Nicht, dass ich Christopher nicht mindestens genauso liebe, aber ich habe einfach nicht damit gerechnet. Zudem bin ich mit meinen Gedanken total woanders. „Ja, ich will!", rufe ich voller Begeisterung. Christopher gibt mir einen wunderschönen Ring. Wir feiern den ganzen Abend. Christopher kocht und wir machen eine Flasche Wein auf.

Später, als wir im Bett liegen, denke ich über mein großes Glück nach. Ich bin verlobt. Mein Verlobter nimmt mich so wie ich bin. Bald werde ich meinen langjährigen Freund heiraten. Ich kann nicht glauben, dass ich an diesem einen Abend Angst vor Christopher hatte, als er unter der Laterne stand. Wenn ich gewusst hätte, dass es nur Christopher ist, hätte ich ruhiger schlafen können.

Kapitel 16

Inzwischen ist es bereits zwei Monate her, dass Ms. O'Nelly ermordet wurde. Es gibt keine neuen Ermittlungserkenntnisse. Ich befinde mich mitten in den Hochzeitsvorbereitungen. Heute gehe ich mit Rose in ein Brautmodengeschäft. Und auch Anna ist mit Charly angereist. Wir hatten in den letzten Wochen häufig Kontakt und sind Freundinnen geworden. „Probier unbedingt das an!", ruft Rose und zeigt auf ein cremeweißes Kleid mit langer Schleppe. „Dann sehe ich aus wie in einem Märchen.", gebe ich zu bedenken. „Ja, genau, weil du die Märchenprinzessin bist.", freut sich Rose. Ich probiere verschiedene Kleider an. Jedes Mal, wenn ich aus der Kabine komme, staunen Rose und Anna über die Schönheit der Kleider. Am Ende entscheide ich mich für das Märchenkleid vom Anfang. Am Abend bin ich sehr müde. „Na, das muss ja ein aufregender Tag gewesen sein.", schmunzelt Christopher. Das war es. Ich war mit meinen besten Freundinnen unterwegs und wir hatten viel Spaß. Ich habe nicht mehr an die Morde und an Mr. Blazer gedacht, sondern einfach den Tag genossen. Nachdem ich das richtige Brautkleid gefunden hatte, waren wir in einem Café. Wir haben uns durch die Kuchenauswahl probiert und ich hatte Angst zu viel zu essen und nicht mehr in mein Hochzeitskleid zu passen. Das Kleid hat Rose mitgenommen, damit Christopher es nicht schon vor der Hochzeit sieht. Morgen werde ich anfangen, die Umzugskisten zu packen, da Christopher und ich in unsere erste gemeinsame Wohnung ziehen. Ich fange direkt, nachdem Christopher zur Arbeit gefahren ist, an. Ich wickele das Geschirr in Zeitungspapier, das wir in den letzten Tagen gesammelt haben. Dann nehme ich einige Umzugskartons und fahre zu meiner Wohnung. Sammy und Jumper lasse ich mal wieder bei Max. Es ist das erste Mal seit Wochen, dass ich wieder in meine Wohnung gehe. Da Christopher zwischendurch dort war, weiß ich, dass in der Wohnung von Mrs. Mainway eine junge Studentin wohnt, die aber wohl die meiste Zeit in der Universität ist. Die Wohnung von Ms. O'Nelly ist noch nicht verkauft. Ich habe ein beklemmendes Gefühl, doch ich lasse mich davon nicht beirren. Ich lasse mein altes Leben hinter mir und beginne ein Neues. Ich bin nur hier, um meine Sachen einzupacken. Ich schließe die Tür auf und gehe in meine Wohnung. Die Luft ist stickig und ich öffne die Fenster. Von meinen Möbeln werde ich, bis auf den Blümchensessel meiner Oma, nichts mitnehmen. Wir wollen uns zusammen neue Möbel aussuchen. Ich fange an, meine Handtücher in einen Karton zu packen, da höre ich ein Geräusch. Schnell schaue ich in den Flur, doch da ist nichts. Ich gehe auch im Treppenhaus nachschauen, doch auch da ist nichts. Vielleicht ist die Studentin ja doch da, denke ich. Ich bin mit den Handtüchern fertig und auch die Deko habe ich fast fertig verstaut, als ich erneut ein Geräusch höre. Diesmal war es lauter. Erneut gehe ich in den Flur, um nachzusehen. Ich erschrecke, als ich die junge Frau entdecke. „Claire!", sage ich erstaunt.

Kapitel 17

Ich erkenne sie sofort wieder, obwohl ich sie nur einmal in der Stadt getroffen habe, als ich mit Christopher dort war. Christopher war mit ihr zusammen, bevor wir zusammen waren. Sie machte einen netten Eindruck. „Hallo Nancy", sagt sie. „Was machst du denn hier?", frage ich sie. „Du hast ihn mir genommen." Was meint sie? Mir fällt etwas Glänzendes in ihrer rechten Hand auf. Ich sehe genauer hin und erkenne eine schwarze Pistole. „Claire, was soll das?" „Du hast alles kaputt gemacht. Wenn du nicht gewesen wärst, wäre ich noch mit Christopher zusammen. Er hat mich für dich verlassen." Ich wusste nicht, dass Christopher noch mit ihr zusammen war, als wir uns kennengelernt haben. „Wir waren vier Jahre zusammen. Er hat mich nie gefragt, ob ich ihn heiraten möchte. Ihr seid noch nicht mal zwei Jahre zusammen und plant schon die Hochzeit." „Woher weißt du, dass wir heiraten?" frage ich sie und werfe verstohlen einen Blick auf meinen Verlobungsring. „Ich habe dich mit deinen Freundinnen gesehen, ihr wart im Brautmodengeschäft. Aber die Hochzeit ist ja nur die Krönung. Ich wollte Christopher schon vorher zurück. Als wir uns in der Stadt getroffen haben, saht ihr so verliebt aus. Und jetzt hol ich ihn mir zurück.", sagt sie und hebt den Arm mit der Waffe. „Claire, tu das nicht." Für einen kurzen Moment höre ich den Straßenlärm lauter als sonst. So als würde jemand die Haustür aufmachen. Ich möchte rauslaufen und um Hilfe rufen, aber da steht Claire mit der Pistole in der Hand. Ich bewege mich keinen Zentimeter. Claires Hand zittert. Ich denke an Christopher. Was würde ich darum geben, ihn jetzt zu sehen. „Claire, du kommst ins Gefängnis, wenn du mich erschießt.", versuche ich ihr klar zu machen. „Bis jetzt ist noch nichts passiert." „Ich muss es jetzt zu Ende bringen. Es ist schon viel passiert, du bist mein drittes Opfer."

Kapitel 18

Ich starre Claire an. Was hat sie da gerade gesagt? Ihr drittes Opfer? „Claire, hast du Mrs. Mainway und Ms. O'Nelly erschossen?" Claire antwortet nicht. Sie hat die Waffe weiterhin auf mich gerichtet. „Claire, rede mit mir. Warst du es?" „Halt den Mund!", schreit Claire und im nächsten Moment knallt es ohrenbetäubend laut. Claire hat abgedrückt.

Die Scheibe meines Wohnzimmerschrankes zerspringt in tausend kleine Scherben. Sie fallen auf den Boden. Wie erstarrt stehe ich da und sehe meinen kaputten Schrank an. Ich zittere vor Angst. „Nächstes Mal treffe ich.", sagt Claire abfällig. Ich denke nicht, dass Claire aus Versehen daneben geschossen hat. Sie hat es mit Absicht getan, um mir Angst zu machen und mir zu drohen. Ich traue mich nicht, noch etwas zu sagen.
„Ja, ich war es!", sagt Claire unerwartet. „Ich wollte die anderen beiden nicht töten. Ich wollte nur dich. Aber ich wusste nicht in welcher Wohnung du wohnst. Es sollte jemand

Klingelschilder anschaffen." Claire hatte recht, seitdem die Klingelanlage und die Briefkästen modernisiert worden waren, hatten wir keine Klingelschilder mehr. „Beim ersten Mal habe ich direkt an der erstbesten Tür geklingelt. Keine Ahnung, warum ich die rechte genommen habe und nicht die linke, deine. Ich hatte einen Schallschutzdämpfer, damit nicht die ganze Nachbarschaft hochschreckt und habe geklingelt. Als ich Schritte hinter der Tür gehört habe, habe ich geschossen. Fünf Mal." Ihre Aussage schockiert mich. Warum ist sie so brutal? Doch ich traue mich nicht, sie zu fragen. „Als ich dich einen Tag später bei deiner Arbeitsstelle gesehen habe, wusste ich, dass ich die Falsche umgebracht hab." Ich frage mich, wieso sie mich dann nicht direkt in der Autovermietung umgebracht hat. Ich war einige Zeit alleine dort. Wahrscheinlich hatte sie Angst, dass sie irgendjemand sieht, dass ein Kunde vorbeikommt. „Ich bin am gleichen Tag wiedergekommen.", fährt Claire fort. „Diesmal habe ich die oberste Wohnung genommen. Ich konnte die Tür einfach mit meiner Kreditkarte aufmachen. Wie einfach das ist, hat mich selbst überrascht. Ich wollte vorsichtig im Schlafzimmer nachsehen, ob du das bist. Wenn nicht, wollte ich einfach wieder gehen. Doch dann waren da zwei große Hunde. Sie haben gebellt und einen Heidenkrach gemacht und plötzlich stand da eine junge Frau. Sie hatte mich gesehen, was sollte ich machen.", sagt Claire entschuldigend. Sie hätte einfach gehen können und sich ihrer Verantwortung stellen müssen, aber stattdessen bringt sie eine unschuldige Frau um. „Dann bin ich in die letzte Wohnung gegangen, die noch übrig war. Doch du warst nicht zuhause." Sie hat schon zwei unschuldige Frauen umgebracht und das alles nur wegen mir. Ich komme mir schuldig vor. Ich fühle mich mitschuldig, doch ich weiß, dass das nicht stimmt. Ich bin nicht schuld, an dem was Claire getan hat. Ein Poltern im Hintergrund lässt Claire und mich aufschrecken.

Kapitel 19

Wir gucken beide in den Flur. Eigentlich könnte ich Claire jetzt von hinten überrumpeln, aber ich mache es nicht. Im Flur erscheint Detective Dungeé. Während ich mich frage, was er hier macht, bin ich doch sehr erleichtert ihn zu sehen. „Wer sind Sie?", schreit Claire. „Ich bin Detective von London Police. Das war zweifellos ein Geständnis, würde ich sagen."
„Ich bring euch alle um!", schreit Claire. Sie ist total außer sich und hysterisch. Sie wedelt wild mit der Pistole umher und ist sich scheinbar nicht sicher, ob sie zuerst mich oder Detective Dungeé erschießen soll. „Beruhigen Sie sich. Wir können über alles reden.", versucht es Detective Dungeé vorsichtig. „Wir können über gar nichts reden. Ich habe zwei Menschen erschossen und jetzt wissen Sie es auch. Ich muss euch umbringen, alle beide. Ich muss dafür sorgen, dass ihr den Mund haltet, damit Christopher und ich wieder zusammen sein können. Ich werde ihn über die Trauer hinwegbringen. Keine Sorge, Nancy, sie wird nicht lange anhalten. Christopher hat dann mich und wird dich schnell vergessen."

Ich glaube nicht, dass Christopher wieder mit ihr zusammenkommen wird und auch nicht, dass er mich schnell vergessen wird. Aber ich sage es nicht. „Und jetzt sag Tschüss, Nancy!" Sie richtet die Pistole auf mich und drückt ab. Der Schuss hallt bis ins Treppenhaus.

Kapitel 20

Ich fühle keinen Schmerz. Ich schaue an mir herunter und sehe nirgends Blut. Detective Dungeé steht im Flur, seine Waffe hält er in der Hand. Mit einem dumpfen Geräusch sackt Claire auf den Boden. Eine rote Blutlache bereitet sich auf dem Teppich aus. Detective Dungeé hat Claire erschossen. Ich nehme alles wie durch einen Schleier war. Detective Dungeé führt mich raus auf die Straße. Überall sind Polizeiautos. Auch ein Krankenwagen ist da. Claire ist nicht tot. Sie wurde nur angeschossen. Anders als Mrs. Mainway und Ms. O'Nelly lebt sie. Detective Dungeé und ich sitzen im Kofferraum eines Polizeiautos, als Christopher kommt. Detective Dungeé hat ihn abholen lassen. Sofort nimmt er mich in den Arm. „Komm, lass uns nach Hause gehen.", sagt er. „Warte noch kurz.", sage ich zu ihm und wende mich an Detective Dungeé. „Warum sind Sie vorbeigekommen?" „Ich wollte noch einmal mit Ihnen sprechen und Ihr Nachbar, Max, hat mir gesagt, dass Sie in ihrer Wohnung sind, um ein paar Dinge zusammen zu packen. Also habe ich beschlossen, zu Ihnen zu fahren. Ich habe das gesamte Geständnis gehört und aufgezeichnet." „Was passiert jetzt mit Claire?", frage ich ihn. „Sie wird jetzt ins Krankenhaus gebracht, damit sie versorgt werden kann. Wir haben ihr Geständnis, also selbst wenn sie nicht noch einmal aussagt, können wir sie anklagen und dann wird sie für lange Zeit ins Gefängnis kommen." „Danke, Detective Dungeé!", sage ich und umarme ihn. Er fühlt sich etwas überrumpelt, aber das ist mir in dem Moment egal. Ich bin ihm einfach so dankbar.

Kapitel 21

Heute ist unsere Hochzeit. Ich kann es kaum erwarten, Christopher endlich zu heiraten. Seit dem Tag, an dem die Morde an Mrs. Mainway und Ms. O'Nelly aufgeklärt wurden, sind über zwei Monate vergangen. Ich gehe wieder zur Arbeit. Christopher und ich sind zusammengezogen, in unsere erste gemeinsame Wohnung. Letzte Woche habe ich schöne Blumen gekauft und war auf dem Friedhof, um die Gräber von Mrs. Mainway und Ms. O'Nelly hübsch herzurichten. Wie gerne hätte ich sie heute dabei. Immerhin sind Sammy und Jumper da. Die beiden sind schon ganz aufgeregt. Sie haben beide eine Fliege aus Christophers Schrank bekommen und sehen richtig schick aus. Claire ist wieder gesund und sitzt in Untersuchungshaft. Dort wartet sie auf ihren Prozess in einem Monat. Auch ich muss dort aussagen und ich bin schon sehr nervös deswegen. Aber nicht heute. Heute ist mein großer Tag.

Danksagung

Danken möchte ich meinen Eltern, Roselies und Heinrich, dafür, dass sie mich immer unterstützen.
Und natürlich Ihnen, liebe Leser*innen.

CPSIA information can be obtained
at www.ICGtesting.com
Printed in the USA
LVHW110811161222
735287LV00006B/2072

9 783752 609233